国家出版基金项目
NATIONAL PUBLICATION FOUNDATION

记住乡愁

——留给孩子们的中国民俗文化

刘魁立◎主编

张青仁◎编著

第六辑 口头传统辑（二）

本辑主编 杨利慧

牛郎织女的传说

北 黑龙江少年儿童出版社

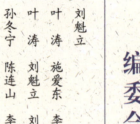

序

亲爱的小读者们，身为中国人，你们了解中华民族的民俗文化吗？如果有所了解的话，你们又了解多少呢？

或许，你们认为熟知那些过去的事情是大人们的事，我们小孩儿不容易弄懂，也没必要弄懂那些事情。

其实，传统民俗文化的内涵极为丰富，它既不神秘也不深奥，与每个人的关系十分密切，它随时随地围绕在我们身边，贯穿于整个人生的每一天。

中华民族有很多传统节日，每逢节日都有一些传统民俗文化活动，比如端午节吃粽子，听大人们讲屈原为国为民愤投汨罗江的故事；八月中秋望着圆圆的明月，遐想嫦娥奔月、吴刚伐桂的传说，等等。

我国是一个统一的多民族国家，有 56 个民族，每个民族都有丰富多彩的文化和风俗习惯，这些不同民族的民俗文化共同构筑了中国民俗文化。或许你们听说过藏族长篇史诗《格萨尔王传》

中格萨尔王的英雄气概、蒙古族智慧的化身——巴拉根仓的机智与诙谐、维吾尔族世界闻名的智者——阿凡提的睿智与幽默、壮族歌仙刘三姐的聪慧机敏与歌如泉涌……如果这些你们都有所了解，那就说明你们已经走进了中华民族传统民俗文化的王国。

你们也许看过京剧、木偶戏、皮影戏，看过踩高跷、耍龙灯，欣赏过威风锣鼓，这些都是我们中华民族为世界贡献的艺术珍品。你们或许也欣赏过中国古琴演奏，那是中华文化中的瑰宝。1977年9月5日美国发射的"旅行者1号"探测器上所载的向外太空传达人类声音的金光盘上面，就录制了我国古琴大师管平湖演奏的中国古琴名曲——《流水》。

北京天安门东西两侧设有太庙和社稷坛，那是旧时皇帝举行仪式祭祀祖先和祭祀谷神及土地的地方。另外，在北京城的南北东西四个方位建有天坛、地坛、日坛和月坛，这些地方曾经是皇帝率领百官祭拜天、地、日、月的神圣场所。这些仪式活动说明，我们中国人自古就认为自己是自然的组成部分，因而崇信自然、融入自然，与自然和谐相处。

如今民间仍保存的奉祀关公和妈祖的习俗，则体现了中国人崇尚仁义礼智信、进行自我道德教育的意愿，表达了祈望平安顺达和扶危救困的诉求。

小读者们，你们养过蚕宝宝吗？原产于中国的蚕，真称得上伟大的小生物。蚕宝宝的一生从芝麻粒儿大小的蚕卵算起，中间经历蚁蚕、蚕宝宝、结茧吐丝等过程，到破茧成蛾结束，总共四十余天，却能为我们贡献约一千米长的蚕丝。我国历史悠久的养蚕、丝绸织绣技术自西汉"丝绸之路"诞生那天起就成为东方文明的传播者和象征，为促进人类文明的发展做出了不可磨灭的贡献！

小读者们，你们到过烧造瓷器的窑口，见过工匠师傅们拉坯、上釉、烧窑吗？中国是瓷器的故乡，我们的陶瓷技艺同样为人类文明的发展做出了巨大贡献！中国的英文国名"China"，就是由英文"china"（瓷器）一词转义而来的。

中国的历法、二十四节气、珠算、中医知识体系，都是中华民族传统文化宝库中的珍品。

让我们深感骄傲的中国传统民俗文化博大精深、丰富多彩，课本中的内容是难以囊括的。每向这个领域多迈进一步，你们对历史的认知、对人生的感悟、对生活的热爱与奋斗就会更进一分。

作为中国人，无论你身在何处，那与生俱来的充满民族文化DNA的血液将伴随你的一生，乡音难改，乡情难忘，乡愁恒久。这是你的根，这是你的魂，这种民族文化的传统体现在你身上，是你身份的标识，也是我们作为中国人彼此认同的依据，它作为一种凝聚的力量，把我们整个中华民族大家庭紧紧地联系在一起。

《记住乡愁——留给孩子们的中国民俗文化》丛书，为小读者们全面介绍了传统民俗文化的丰富内容：包括民间史诗传说故事、传统民间节日、民间信仰、礼仪习俗、民间游戏、中国古代建筑技艺、民间手工艺……

各辑的主编、各册的作者，都是相关领域的专家。他们以适合儿童的文笔，选配大量图片，简约精当地介绍每一个专题，希望小读者们读来兴趣盎然、收获颇丰。

在你们阅读的过程中，也许你们的长辈会向你们说起他们曾经的往事，讲讲他们的"乡愁"。那时，你们也许会觉得生活充满了意趣。希望这套丛书能使你们更加珍爱中国的传统民俗文化，让你们为生为中国人而自豪，长大后为中华民族的伟大复兴做出自己的贡献！

亲爱的小读者们，祝你们健康快乐！

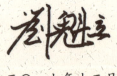

二〇一七年十二月

目　录

牛郎织女的传说

| 牛郎织女的传说 |

牛郎和织女凄美动人的故事千百年来备受中华儿女的喜欢，成为忠贞爱情的象征。可是很少有人知道，这个故事诞生之初，与爱情并无任何关系，而是来源于古人对于天象的感知。

很早以前，古人就通过观察天象和星座来计算时间、安排农事。后来，人们逐渐对黄道上二十八宿的位置有了认知，得出了与之相关的知识。在战国时期的曾侯乙墓中，就曾出土一只用篆文书写的二十八宿名称的漆箱，而在《吕氏春秋》中对二十八宿有了进一步的解释：

何谓九野？中央曰钧天，其星角、亢、氐；东方曰苍天，其星房、心、尾；东北曰变天，其星箕、斗、牵牛；北方曰玄天，其星婺女、虚、危、营室；西北曰幽天，其星东壁、奎、娄；西方曰颢天，其星胃、昴，毕；西南曰朱天，其星觜嶲、参、东井；南方曰炎天，其星舆鬼、柳、七星；东南曰阳天，其星张、翼、轸。

牵牛星和婺女星是早期二十八宿中的重要组成部分。随着时代的发展，二者逐渐演变成了牵牛星和织女星。《史记·天官书》中有云"牵牛为牺牲，其北河鼓"。

对于讲究天人合一的古人来说，天上牵牛星的动向预示着农业和畜牧业的年成。三颗婺女星一明两暗，如同织布的梭子分布在银河一侧，因此人们称其为"织女星"。《史记·天官书》中记载："张守节正义：'织女三星，在河北天纪东，天女也，主果蓏丝帛珍宝。'"织女星最明亮的初秋也是瓜果丰收的时节。在中国古代，织女星有着督促人们纺织劳作和指示收割的作用。

分别位于银河两侧的牵牛星和织女星，引起了古人无限的遐想，由此形成了牛郎织女传说的最初形态。湖北云梦睡虎地出土的秦简上记载：

丁丑、己丑取妻，不吉。戊申、己酉，牵牛以取织女，不果，三弃。

戊申、己酉，牵牛以取

牵牛星和织女星

织女而不果，不出三岁，弃若亡。

两则竹简说明，在战国晚期到秦朝时期，人们已经根据牛郎星、织女星分布银河两侧的格局，赋予其人格特质。人们将牛郎星、织女星联想为一对分离的夫妻。

最初，牛郎和织女的分离并非是王母娘娘作祟，而是牛郎背弃了自己的妻子。在这些故事中他是一个抛弃妻子的负心汉。人们之所以这么想，与春秋时期的社会风气密切相关。当时，丈夫背叛妻子是比较常见的社会现象。《诗经》中的《氓》《谷风》等多篇诗文都记载了当时社会上男子变心、抛弃妻子的现象。

牛郎和织女为何会分开，除了牛郎变心外，人们还有其他的看法。《诗经·小雅·大东》中记载：

维天有汉，监亦有光。跂彼织女，终日七襄。虽则七襄，不成报章。睆彼牵牛，不以服箱。东有启明，西有长庚。有捄天毕，载施之行。维南有箕，不可以簸扬。维北有斗，不可以挹酒浆。维南有箕，载翕其舌。维北有斗，西柄之揭。

这首诗意在讽刺统治者为了个人私欲，不体恤民众的辛劳，让民众陷入无休止的劳作之中。牛郎和织女也因此终日忙碌，夫妻不得相见。

在汉代之前，人们已经根据牛郎星、织女星分隔于银河两侧的情况，将其想象成人世间分隔的夫妻。因为人们对牛郎织女分开的原因众说纷纭，所以没有将个人情感融入其中，只是形成了牛郎和织女这两大主人公的基本想象。

汉代时，牛郎织女的传说得到了进一步的发展。蔡邕的《青衣赋》中"非彼牛女，隔于河维"一句，反映了当时人们对于牛郎织女传说的关注，人们不断地为织女的处境发出哀叹。是什么原因造成了牛郎和织女的分离呢？后人在给出这一问题答案的同时，又丰富了牛郎织女传说的内容，南朝梁任昉的《述异记》中记载：

天河之东有美丽女人，乃天帝之子，机杼女工，年年劳役，织成云雾绡缣之衣，辛苦无欢悦，容貌不暇整理，天帝怜其独处，嫁与河西牵牛之夫婿，自后竟废织纴之功，贪欢不归，帝怒责归河东，但使一年一度相会。

在这则传说中，织女是给天帝织布的女子，因为善于织布，得到天帝的垂怜，故而将其许配给牛郎。因为

| 织女像 |

織女

织女婚后贪玩，荒废了织布的技艺，受到了天帝的惩罚，从此与牛郎天各一方，一年只能相聚一次。这则传说与后来流传的故事情节仍然大相径庭，然而，织女善于织布的形象得以丰满，牛郎织女相爱却不能在一起的核心情节也得以形成。更重要的是，破坏牛郎织女爱情的第三者形象开始出现。

将牛郎织女分离的原因归结于织女织布懈怠的文献并非孤立出现，如《月令广义·七月令》中也有着类似的记载：

天河之东，有织女，天帝之子也。年年机杼劳役，织成云锦天衣，容貌不暇整。天帝怜其独处，许嫁河西牵牛郎，嫁后遂废织纴。天帝怒，责令归河东，唯每年七月七日夜，渡河一会。

这段记载在一定程度上反映了汉代社会极具农耕文明的特征，男耕女织是农耕经济的基本形态，也是维系农耕文明运作的基本条件。在这一背景下，贪恋婚后生活欢愉、放弃织布的织女无疑是对社会秩序的背叛，必然成为天庭讨伐的对象。因此，故事中的天帝这一形象与其说是封建权威的代表，还不如说是封建社会农耕经济模式的化身。

| 皮影作品《牛郎织女七夕相会》|

汉代是农耕经济的形成阶段，也是儒家伦理规范的确立阶段。与春秋时期开放的社会风气不同，儒家推崇的伦理道德开始渗透在社会生活中的方方面面，三纲五常、三从四德的观念逐渐形成。随着社会阶层的分化，对于家族、门第的讲究也出现在人们的婚姻之中。在这种社会环境下，先秦时期大胆追求浪漫、真挚爱情的行为是不被允许的。面对如此严苛的礼法，人们对自己的婚姻与爱情感到忧伤。汉乐府《孔雀东南飞》表达的就是这种情感：焦仲卿和刘兰芝真心相爱，无奈焦母蛮横霸道，一定要拆散他们，最终他们只能双双殉情。在这一社会环境下，人们逐渐将对于情感诉求的压力附加在

牛郎织女的传说中，牛郎织女这一被迫分离夫妻的形象得以逐渐确立，其中以《迢迢牵牛星》最为突出：

迢迢牵牛星，皎皎河汉女。纤纤擢素手，札札弄机杼。终日不成章，泣涕零如雨。河汉清且浅，相去复几许？盈盈一水间，脉脉不得语。

在这首诗中，浩瀚的银河成了分隔牵牛星和织女星的天然屏障，一对有着深厚感情的夫妻无奈地分散在银河两侧。想见却不得见的织女只能在银河的一端泪涟涟。值得一提的是，《迢迢牵牛星》中原本因成婚而疏于织布的情节不复存在，传说的聚焦点从牛郎织女为何分离转移到牛郎织女的不幸命运，爱情开始成为牛郎织

女传说中的重要主题。此后，牛郎织女相爱却无奈分离的情节深入人心。越来越多的文人志士开始借助牛郎织女相爱却不可得的故事隐喻自身的怀才不遇，其中以曹植、曹丕两兄弟的诗歌最为有名。曹植在《九咏》中慨叹道：

临回风兮浮汉渚，目牵牛兮眺织女。交有际兮会有期，嗟痛吾兮来不时。

曹丕则在《燕歌行》中赋予牛郎织女传说新的隐喻：

秋风萧瑟天气凉，草木摇落露为霜。群燕辞归鹄南翔，念君客游思断肠。慊慊思归恋故乡。君何淹留寄他方？贱妾茕茕守空房。忧来思君不敢忘，不觉泪下沾衣裳。援琴鸣弦发清商，短歌微吟不能长。明月皎皎照我床，星汉西流夜未央。牵牛织女遥相望，尔独何辜限河梁。

秋风萧瑟，草木凋零，自然界中万物的更替让曹丕心生忧伤。皎皎明月下，天各一方的牛郎织女又何尝不是美好事物的凋零没落呢？虽然二曹对牛郎织女传说的借用并没有直接对其爱情主题加以丰富，但二者的借用均强调了爱情主题，并使该主题得到了进一步强化。二曹对于牛郎织女传说的借用以及在此基础上对爱情基调的强调也深刻地影响着此后牛郎织女传说沿着爱情的主题不断发展演变。

汉代之后，黄老之学、天人感应的思想开始兴起，随着佛教的传入与本土道教的发展，修身养性成为当时社会的重要思潮，由此出现了许多寻仙访道的故事。在这些故事中也出现了牛郎织女的形象：

旧说云天河与海通。近世有人居海渚者，年年八月有浮槎去来，不失期。人有奇志，立飞阁于槎上，多赍粮，乘槎而去。十余日中，犹观星月日辰，自后茫茫忽忽，亦不觉昼夜。去十余月，奄至一处，有城郭状，屋舍甚严。遥望宫中多织妇，见一丈夫牵牛渚次饮之。牵牛人乃惊问曰："何由至此？"此人为说来意，并问此是何处，答曰："君还至蜀郡，访严君平，则知之。"竟不上岸，因还如期。后至蜀，问君平，曰："某年某月，有客星犯牵牛宿。"计年月，正此人到天河时也。

剪纸作品《牛郎织女》

浩瀚的夜空、璀璨的星辰给予人们无限的想象。在古人看来，这就是仙界应有的景致。在银河闪亮的八月，故事的主人公乘着浮槎就能够到达遥远的仙界，那里有着和凡间一样的景致，还见到了牛郎和织女。《续齐谐记》中对此记载得更为详细：

桂阳成武丁，有仙道，常在人间，忽谓其弟曰："七月七日，织女当渡河，诸仙悉还宫。吾向已被召，不得停，与尔别矣。"弟问曰："织女何事渡河？去当何还？"答曰："织女暂诣牵牛，吾复三年当还。"明日失武丁，至今云，织女嫁牵牛。

这则故事的主角并非牛郎织女，而是讲述织女得道成仙的故事。更重要的是，这则故事中首次出现了天河相通、牛郎织女七夕相会的情节。这一情节的加入，不仅丰富了牛郎织女传说的内容，也被后世的牛郎织女传说所吸收，并成为该传说中的固定元素。

同一时期，干宝所著《搜神记》中记载的《汉董永》《毛衣女》的故事为牛郎织女传说提供了重要的素材，《汉董永》中记载：

汉董永，千乘人。少偏孤，与父居。肆力田亩，鹿车载自随。父亡，无以葬，乃自卖为奴，以供丧事。主人知其贤，与钱一万，遣之。

永行三年丧毕。欲还主人，供其奴职。道逢一妇人曰："愿为子妻。"遂与之俱。主人谓永曰："以钱与君矣。"永曰："蒙君之惠，父丧收藏。永虽小人，必欲服勤致力，以报厚德。"主曰："妇人何能？"永曰："能织。"主曰："必尔者，但令君妇为我织缣百匹。"于是永妻为主人家织，十日而毕。女出门，谓永曰："我，天之织女也。缘君至孝，天帝令我助君偿债耳。"语毕，凌空而去，不知所在。

这虽然是一则讲述董永与七仙女的故事，但是贡献了牛郎织女传说中的又一个核心情节，即贫穷的男主人公卖身葬父，感动了仙女，并因此下凡替他还债。这一情节也用在了牛郎织女的传说中，成为织女下凡的重要原因。此外，《搜神记》中《毛衣女》的故事也为牛郎织女的传说贡献了核心情节，《毛衣女》中记载：

豫章新喻县男子，见田中有六七女，皆衣毛衣，不知是鸟。匍匐往，得其一女所解毛衣，取藏之，即往就诸鸟。诸鸟各飞去，一鸟独不得去，男子取以为妇，生三女。其母后使女问父，知衣在积稻下，得之，衣而飞去。后复以迎三女，女亦得飞去。

这则故事中，男主人公通过藏羽衣的方式短暂地得到了天上的仙女，这一做法并不光彩。最终，仙女找到了衣服，离开了人间。后世的牛郎织女传说借鉴了这一情节，藏衣得女、得衣归天亦成为牛郎织女传说中的重要情节。

从故事形态上来说，《汉董永》和《毛衣女》在一定程度上可以看成是牛郎织女

传说的异文。因为《汉董永》不仅保留了织女的形象，还有牛郎织女传说的核心情节。同样，《毛衣女》也保留了牛郎织女传说中人神结合、最终分离的情节。可以说，《搜神记》中这些诞生于牛郎织女传说基础上的异文，在丰富该传说的基本形态、扩大传播范围的同时，也不断使牛郎织女传说的内容得以不断丰富。

魏晋南北朝之后，牛郎织女的传说得到了进一步发展。一方面，牛郎织女人神结合却不能在一起的悲剧基调得以确立；另一方面，拆散牛郎织女的天帝形象出现了。最后，藏羽衣、凡人上天、七夕鹊桥相会等牛郎织女传说中的细节也得以体现。之后，随着道家文化的渗透，道教里的玉皇大帝、王母娘娘被引入牛郎织女的

传说中，他们直接参与阻挠、破坏牛郎织女的婚姻，由此遭到牛郎织女的激烈反抗，使原本的民间传说具备了反抗封建礼教的意蕴。经过这一时期的发展，牛郎织女的传说得以最终成型。

唐宋文学中的牛郎织女

唐宋文学中的牛郎织女

到了唐代，牛郎织女的传说开始大规模传播。众所周知，唐代是我国诗歌最为繁盛的时期，因此诗歌也成了牛郎织女传说的重要载体。《艺文类聚》中记录，仅《全唐诗》中咏颂牛郎织女与七夕的诗歌就有八十二首。唐诗的华丽精巧与歌颂爱情的牛郎织女传说相融合，使得该传说在唐代呈现了新的意境。

诗圣杜甫有一首名为《牵牛织女》的诗：

牵牛出河西，

织女处其东。

传统年画《七月七鹊桥相会》

万古永相望，
七夕谁见同。
神光意难候，
此事终蒙胧。
飒然精灵合，
何必秋遂通。
亭亭新妆立，
龙驾具曾空。
世人亦为尔，
祈请走儿童。
称家随丰俭，
白屋达公宫。
膳夫翊堂殿，
鸣玉凄房栊。
曝衣遍天下，
曳月扬微风。
蛛丝小人态，
曲缀瓜果中。
初筵褭重露，
日出甘所终。
嗟汝未嫁女，
秉心郁忡忡。

防身动如律，
竭力机杼中。
虽无姑舅事，
敢昧织作功。
明明君臣契，
咫尺或未容。
义无弃礼法，
恩始夫妇恭。
小大有佳期，
戒之在至公。
方圆苟龃龉，
丈夫多英雄。

这首诗写于大历元年，诗人初到蜀地，郁郁不得志，便借用牛郎织女的故事来比喻君臣之道，隐喻自身不得志的惆怅。

诗人杜牧也有两首关于七夕的诗，其中一首名为《七夕》：

云阶月地一相过，
未抵经年别恨多。

最恨明朝洗车雨，
不教回脚渡天河。

这首诗写于诗人初到扬州之时，直接以牛郎织女为题材，旗帜鲜明地表达了自己同情牛郎织女的立场。诗人更是在诗中直接表述七夕当天不要下雨，好让牛郎织女得以团聚的愿望。通过诗人的表述，可以看出牛郎织女因爱分离和七夕相会的主题已经得到了很大程度的普及。

与这首诗相比，杜牧另一首名为《秋夕》的诗更为有名：

银烛秋光冷画屏，
轻罗小扇扑流萤。
天阶夜色凉如水，
坐看牵牛织女星。

这首诗巧借牛郎织女传说，隐喻描述了宫女失意、

孤独凄凉的心境，描绘了一幅宫女久居深宫生活的图景。深秋的夜晚，微弱的烛光映照在冰冷的屏风上，孤独的宫女挥动着扇子扑打飞来飞去的萤火虫。夜深露重，

| 牛郎织女织金妆花挂屏 |

寒气逼人，可是宫女依旧坐在殿前的石阶上，仰望着天河两旁的牵牛星和织女星。牛郎织女虽然分隔在银河两侧，但每年七夕还能够相会，而居于深宫的宫女却永无追求爱情的可能。仰望着天上的牵牛星和织女星，宫女不禁对自己的身世感到哀伤，也让她对真挚的爱情充满了向往。

初唐诗人孟浩然也有一首名为《他乡七夕》的诗：

他乡逢七夕，

旅馆益羁愁。

不见穿针妇，

空怀故国楼。

绪风初减热，

新月始临秋。

谁忍窥河汉，

迢迢问斗牛。

七夕时节，诗人漂泊他乡，羁旅之愁涌上心头。看不到七夕乞巧的妇人，有的只是对家乡、故土深深的思念。诗人独自一人黯然神伤，不禁想起天上分离的牛郎织女，羁旅之愁与离别之恨交织在一起，五味杂陈。原本歌颂爱情的牛郎织女传说通过诗人的表述具备了对于故土、家园眷恋的情感。值得一提的是，在这首诗中，出现了七夕妇女乞巧习俗的记载，由此可知，牛郎织女相会的七夕，已经成为当时民众推崇的重要节日，并形成了七夕妇女乞巧的习俗。

唐代记载牛郎织女传说的诗歌中，影响力最为深远的当属白居易的《长恨歌》：

汉皇重色思倾国，

御宇多年求不得。

杨家有女初长成，

养在深闺人未识。

天生丽质难自弃，

一朝选在君王侧。

回眸一笑百媚生，

六宫粉黛无颜色。

春寒赐浴华清池，

温泉水滑洗凝脂。

侍儿扶起娇无力，

始是新承恩泽时。

云鬓花颜金步摇，

芙蓉帐暖度春宵。

春宵苦短日高起，

从此君王不早朝。

承欢侍宴无闲暇，

春从春游夜专夜。

后宫佳丽三千人，

三千宠爱在一身。

金屋妆成娇侍夜，

玉楼宴罢醉和春。

姊妹弟兄皆列土，

可怜光彩生门户。

遂令天下父母心，

不重生男重生女。

骊宫高处入青云，

仙乐风飘处处闻。

缓歌慢舞凝丝竹，

尽日君王看不足。

渔阳鼙鼓动地来，

惊破霓裳羽衣曲。

九重城阙烟尘生，

千乘万骑西南行。

翠华摇摇行复止，

西出都门百馀里。

六军不发无奈何，

宛转蛾眉马前死。

花钿委地无人收，

翠翘金雀玉搔头。

君王掩面救不得，

回看血泪相和流。

黄埃散漫风萧索，

云栈萦纡登剑阁。

峨嵋山下少人行，

旌旗无光日色薄。

蜀江水碧蜀山青，

圣主朝朝暮暮情。
行宫见月伤心色，
夜雨闻铃肠断声。
天旋地转回龙驭，
到此踌躇不能去。
马嵬坡下泥土中，
不见玉颜空死处。
君臣相顾尽沾衣，
东望都门信马归。
归来池苑皆依旧，
太液芙蓉未央柳。
芙蓉如面柳如眉，
对此如何不泪垂。
春风桃李花开日，
秋雨梧桐叶落时。
西宫南内多秋草，
落叶满阶红不扫。
梨园弟子白发新，
椒房阿监青娥老。
夕殿萤飞思悄然，
孤灯挑尽未成眠。
迟迟钟鼓初长夜，

耿耿星河欲曙天。
鸳鸯瓦冷霜华重，
翡翠衾寒谁与共。
悠悠生死别经年，
魂魄不曾来入梦。
临邛道士鸿都客，
能以精诚致魂魄。
为感君王展转思，
遂教方士殷勤觅。
排空驭气奔如电，
升天入地求之遍。
上穷碧落下黄泉，
两处茫茫皆不见。
忽闻海上有仙山，
山在虚无缥缈间。
楼阁玲珑五云起，
其中绰约多仙子。
中有一人字太真，
雪肤花貌参差是。
金阙西厢叩玉扃，
转教小玉报双成。
闻道汉家天子使，

九华帐里梦魂惊。

揽衣推枕起徘徊，

珠箔银屏迤逦开。

云鬓半偏新睡觉，

花冠不整下堂来。

风吹仙袂飘飘举，

犹似霓裳羽衣舞。

玉容寂寞泪阑干，

梨花一枝春带雨。

含情凝睇谢君王，

一别音容两渺茫。

昭阳殿里恩爱绝，

蓬莱宫中日月长。

回头下望人寰处，

不见长安见尘雾。

唯将旧物表深情，

钿合金钗寄将去。

钗留一股合一扇，

钗擘黄金合分钿。

但教心似金钿坚，

天上人间会相见。

临别殷勤重寄词，

词中有誓两心知。

七月七日长生殿，

夜半无人私语时。

在天愿作比翼鸟，

在地愿为连理枝。

天长地久有时尽，

此恨绵绵无绝期。

《长恨歌》讲述的是唐玄宗与杨贵妃的爱情悲剧。在无奈赐死杨贵妃、奔蜀之后，唐玄宗的内心十分酸楚惆怅。在回宫的路上，途经旧地，勾起了他对往昔生活的怀念之情。回宫后，唐玄宗白天睹物伤情，夜晚辗转难眠。日思夜想而不得，便寄希望于梦境，却又"悠悠生死别经年，魂魄不曾来入梦"。在讲述唐玄宗与杨贵妃爱情悲剧的同时，诗人将牛郎织女的传说融入其中，牛郎织女固然因爱分离，但他们至少还有一年一次的七夕相会，深爱彼此的唐玄宗和杨贵妃却只能天人永隔。诗人用悲剧性的牛郎织女传说，强化衬托出唐玄宗和杨贵妃的爱情悲剧。在这首诗歌中，"比翼鸟""连理枝"也成了爱情的经典象征，并与牛郎织女传说互为印证。"在天愿作比翼鸟，在地愿

为连理枝。天长地久有时尽，此恨绵绵无绝期"成为流传至今的爱情名句。

七夕诗歌创作的繁盛和民间七夕习俗的形成使牛郎织女的传说在唐代得到了大规模传播。与此同时，熟知牛郎织女传说的人们对传说的情节进行大胆改编，呈现出与民众惯常认知相去甚远

| 剪纸作品《牛郎织女》|

的人物形象与主题。比较有代表性的是下面这则故事：

太原郭翰，少简贵，有清标，姿度美秀，善谈论，工草隶。早孤，独处。

当盛暑，乘月卧庭中，时时有微风，稍闻香气渐浓，翰甚怪之。仰视空中，见有人冉冉而下，直至翰前，乃一少女也。明艳绝代，光彩溢目。衣玄绡之衣，曳罗霜之帔，戴翠翘凤凰之冠，蹑琼文九章之履。侍女二人，皆有殊色，感荡心神。

翰整衣巾，下床拜谒，曰："不意尊灵回降，愿垂德音。"

女微笑曰："吾天上织女也。久无主对，而佳期阻旷，幽思盈怀，上帝赐命而游人间。仰慕清风，愿托神契。"

翰曰："非敢望也。"

益深所感。

女为敕侍婢，净扫室中，张湘雾丹之帷，施水精玉华之簟。转惠风之扇，宛若清秋。乃携手升堂，解衣共寝。其衬体红脑之衣，似小香囊，气盈一室。有同心亲脑之枕，覆一双缕鸳文之衾。柔肌腻体，深情密态，妍艳无匹。欲晓辞去，面粉如故。试之，乃本质。

翰送出户，凌云而去。自后，夜夜皆来，情好转切。

翰戏之曰："牛郎何在，哪敢独行？"对曰："阴阳变化，关渠何事？且河汉隔绝，无可复知，总复知之，不足为虑。"

因抚翰心前曰："世人不明瞻瞩耳！"翰又曰："卿既寄灵辰象，辰象之间，可得闻乎？"对曰："人间观之，只见是星，其中自有宫室居处，诸仙皆游观焉。万物之精，各有象在天，在地成形，下人之变，必形于上也。吾今观之，皆了了自识。"因为翰指列星分位，尽详纪度。时人不悟者，翰遂洞晓之。

后将至七夕，忽不复来。经数夜方至。翰问曰："相见乐乎？"笑而对曰："天上哪比人间，正以感运当尔，非有他故也。君无相忘。"问曰："卿来何迟？"答曰："人中五日，彼一夕也。"又为翰致天厨，悉非世物。徐视其衣，并无缝。翰问之。谓曰："天衣本非针线为也。"每去，则以衣服自随。

经一年，忽于一夜，颜色凄恻，涕泪交下，执翰手曰："帝命有程，使当永诀。"遂呜咽不自胜。翰惊惋曰：

"尚余几日？"对曰："只在今夕耳。"遂悲泣，彻晓不眠。及旦，抚抱分别。以七宝枕一枚留赠，约明年某日，当有书相问。翰答以玉环一双，便履空而去。回顾招手，良久方灭。翰思之成疾，未尝暂忘。

明年至期，果使前日侍女将书函至。翰遂开缄，以青缣为纸，铅丹为字，言词清丽，情念重叠。末有诗二首，诗曰："河汉虽云阔，三秋尚有期。情人终已矣，良会更何时。"又曰："朱阁归清汉，琼宫御紫房。佳期空在此，只是断人肠。"翰以香笺答书，意情甚切。并有酬赠二诗曰："人世将天上，由来不可期。谁知一回顾，交作两相思。"又曰："赠枕犹香泽，啼衣尚泪痕。

玉颜霄汉里，空有往来魂。"自此而绝。

是岁，太史奏："织女星无光。"翰思不已，人间丽色不复措意。复以继嗣大义须婚，强娶程氏女，殊不称意。复以无嗣，遂成反目。翰官至侍御史而卒。

这则故事记述了才华横溢、容貌俊秀的富家子弟郭翰遇到了一件奇事。酷暑时节，郭翰沐浴在月色下，当庭而卧，清风徐来，香气浓郁。在这有些迷幻的氛围中，"明艳绝代，光彩溢目"的神女飘飘然从天而降。神女落落大方地自我介绍她是天上的织女，下凡来人间寻乐。这一大胆追求爱欲的织女形象与传说中为爱坚守的织女形象大相径庭。在数次与织女的交流过程中，二人更是不断提及天上独居的牛郎。郭翰问织女："牛郎何在，

剪纸作品《牛郎织女》

哪敢独行？"他的本意是提醒织女不要忘记自己的身份，然而织女对此却不以为意。在极力撇清自己对于牛郎的责任后，更是不断强调人间的男欢女爱。虽然两人相爱，但也是"帝命有程"。在做了一年的夫妻后，郭翰与织女也不得不分手。

郭翰与织女相爱的故事其实是唐代世风的缩影。唐代社会风气开放，女性有着较高的社会地位，可以热烈奔放地表达自己的情感诉求。在当时，文人、士大夫阶层也多有寻欢访乐的风气。在这种氛围中，对于爱情和欲望的追求成为唐代传奇的重要主题。可以肯定的是，故事中的神女并非是天上的织女，而是隐喻那些深锁闺阁、常年与丈夫不得相见的女子罢了。这些女子常年深居闺阁，与和牛郎天各一方、聚少离多的织女处境相同。在外出偷欢、尝到禁果后，不得不再次回归囚禁她们的家庭。"情人终已矣，良会更何时"这句诗表达的何尝不是妇人们对爱情的热烈渴望以及对自身处境的深深忧虑。这则故事中织女形象的突变，反映了牛郎织女的传说在唐代已经得到大规模的传播与普及，人们甚至已经能够对这一传说进行改编与再创造。这则故事并没有对后世流传的牛郎织女传说产生较大的影响，这也从侧面再次印证了织女为爱坚守的形象在当时已深入人心。

到了宋代以后，词成为主流的文学体裁。牛郎织女传说成为宋词中的重要主题，牛郎织女更是演变为宋词中的重要意象，成为词人们直抒胸臆、寄物托情的重要载体。在歌颂牛郎织女的词中，既有对牛郎织女超越门第的爱情的歌颂与祝福，也有对牛郎织女无奈别离的哀怨，以及对于爱情、命运和人生的哲学思考。

在宋代，牛郎织女相爱却被迫分离、一年一会的情节更是深入人心。对于牛郎织女爱情的惋惜与哀怨自然成了宋词中的重要主题，其中最为突出的代表便是李清照的《行香子·七夕》：

草际鸣蛩，惊落梧桐，正人间、天上愁浓。云阶月地，关锁千重。纵浮槎来，浮槎去，不相逢。

星桥鹊驾，经年才见，想离情、别恨难穷。牵牛织女，莫是离中。甚霎儿晴，霎儿雨，霎儿风。

这首词直接使用了牛郎织女相爱却不得不分离的主

李清照

题，紧扣"离情别恨"的主旨。词的上片开篇描写草丛中的蟋蟀低鸣，梧桐落叶惊飞的情景。通过秋天景象的描写，渲染了悲凉的气氛。全词重点表现的是牛郎织女这一爱情悲剧：织女处在关锁千重的困境中，终日不得见牛郎，牛郎也寻觅不到织女的身影。词的下片紧扣牛郎织女传说，想象着牛郎织女历经一年分别，终于可以在七夕之日借鹊桥相逢。然而，词人并没有歌颂二人相逢时的喜悦，反而着意表现牛郎织女相爱却不得不分离的离情别恨。在七夕当晚风雨袭来之时，词人更是担心他们能否相逢。至此，牛郎织女传说的离情别恨在这首

| 牛郎织女鹊桥相会雕塑 |

词中达到了极致。

牛郎织女传说与专主情致、表达儿女情长的婉约词的高度契合，使得宋代出现了大量以此为主题的词文，甚至出现了专门以牛郎织女传说为主题的词牌——鹊桥仙。欧阳修在《鹊桥仙·月波清霁》中写道：

月波清霁，烟容明淡，灵汉旧期还至。鹊迎桥路接天津，映夹岸、星榆点缀。

云屏未卷，仙鸡催晓，肠断去年情味。多应天意不教长，恁恐把、欢娱容易。

这是一首以七夕为主题的词。词的上片在开篇处点明了七夕的天气——月光澄亮明净，云雾或明或淡。正是这样的好天气，才能看到天上的银河，鹊桥因此得以搭建。尽管天气尚好，女子却并不在意，而是重点关注牛郎织女一年一度的鹊桥相会。虽然作者并没有写明词中的女子是否独上高楼，观看星空，但词中显示出女子定是怀着艳羡的心情期待牛郎织女的相会。词的下片重新回到女子所在的场景：鸡鸣破晓，但女子似乎并没有早起之意，而是一个人躺在床上，回忆与情郎在一起的欢爱时光。女子沉浸在回忆之中，甚至忘却了时间。雄鸡已经打鸣了，她还没有从爱情的甜蜜中走出来。晨光破晓，梦里女子与情郎又得再次分离。女子不禁发出感慨：时间能否过得再慢一些，让有情人多团聚一会儿呢？

可以说，这首词紧扣牛郎织女的传说，并由此延伸到对于天下有情人的关注。在"程朱理学"日渐确立的宋代，欧阳修的词作无疑是对牛郎织女传说的价值和意义做了正面、积极的肯定，为该传说在词学领域的传播开辟了一个新的领域。此外，随着专主情致、以表达儿女情长为主题的婉约词与牛郎织女传说表现出来的天然亲和力，以牛郎织女传说为主题的《鹊桥仙》更是成为婉约词中的重要词牌，被无数词人用来描写牛郎织女的传说。许多词人还使用这一词牌对牛郎织女传说进行再创作。据统计，《全宋词》中共有182首以"鹊桥仙"为词牌的词，其中，直接描写牛郎织女传说的词约占60%，与该传说相关的词约占30%。

在诸多名为《鹊桥仙》的词中，影响最大的当属秦观的《鹊桥仙·纤云弄巧》：

纤云弄巧，飞星传恨，银汉迢迢暗度。金风玉露一相逢，便胜却人间无数。

柔情似水，佳期如梦，忍顾鹊桥归路。两情若是久长时，又岂在朝朝暮暮。

词人们喜欢对牛郎织女传说进行创作，无非是因为牛郎织女的爱情受到天帝的干涉，不得不陷入长期分离的境地，使得文人墨客们感同身受，进而同情他们的处境。因此，表达离愁怨苦成了词的重要基调。虽然词牌为"鹊桥仙"，也是直接以牛郎织女传说为主题的词，秦观的这首词却完全打破了以往词人们对牛郎织女的悲剧定调。词的上片重点叙写两星相会，"纤云弄巧"的

美景与七夕良辰彼此衬合。虽然是一年一度的相会，但已经是星流如飞，盼望已久。此后，用七夕一年一度的相会和人间长相厮守进行对比，揭示牛郎织女七夕相会的意义远在人间之上。词的下片直接写相会，"柔情似水，佳期如梦"，对仗工整、体悟细微的词文把相会时的缠绵情意写得如梦如幻、如痴如醉。然而，"忍顾"一句情绪急转直下，旧恨刚消，新恨又生。相聚的时光如此短暂，来路成旧路，佳期成回忆，故而惆怅、怨叹不已。最后一句却再次回转，爱情的本质是以两情的长久为衡量，而非朝暮相守的形式为依据。词人写出了牛郎织女的哀怨，但哀怨中仍然有着积极的希冀以及情感的超

│牛郎织女鹊桥相会│

脱。这种超脱的情感观，一改此前牛郎织女词哀怨的基调，使得词人笔下的爱情观得到一定程度的升华。

众所周知，从北宋开国到南宋灭亡，整个王朝始终处于内忧外患的困境之中。在这样一种历史背景下，沉重的忧患意识始终弥漫在宋代文学中，讲述牛郎织女传说的七夕词的关注点也不只是惯常的离愁哀怨，而是融入了更多的时代特征，呈现出关注现实的取向，其中以辛弃疾的《绿头鸭·七夕》为代表：

叹飘零。离多会少堪惊。又争如、天人有信，不同浮世难凭。占秋初、桂花散采，向夜久、银汉无声。凤驾催云，红帷卷月，泠泠一水会双星。素杼冷，临风休织，

深诉隔年诚。飞光浅，青童语款，丹鹊桥平。

看人间、争求新巧，纷纷女伴欢迎。避灯时、彩丝未整，拜月处、蛛网先成。谁念临州，萧条官舍，烛摇秋扇坐中庭。笑此夕、金钗无据，遗恨满蓬瀛。欹高枕，梧桐听雨，如是天明。

虽然同是以牛郎织女传说为题材，但《绿头鸭·七夕》一词却超越了单纯的儿女情长，将天上人间融为一体，将七夕离愁与词人自身的宦海沉浮和国家命运联系在一起，赋予牛郎织女传说这个古老的题材以新的生命力。词的上片主要描述牛郎织女七夕相会的传说。上片的前两句写人间，旨在表达仕途奔波，七夕虽至却难得和家人团聚。"又争"两句写天

上，"桂花散采""银汉无声"，月明夜静，今夕牛郎织女定能相会。"凤驾"三句写牛郎织女赴会，把牛郎织女的神情和情感表现得淋漓尽致。这一浓墨重彩的处理方式为下片描述人间悲欢离合做铺垫。官舍萧条冷落，烛摇秋扇，独坐中庭，飘零失落。此后，词人引用唐玄宗与杨贵妃的爱情悲剧来表达独居的悲苦。从离别之恨到宦海失意再到家国之殇，词的下片进一步丰富了"叹飘零"的内涵，赋予这首七夕词更为深刻的社会意义。

从豪迈洒脱的唐诗到温婉凄美的七夕词，牛郎织女传说成为多种文学形式的重要主题，并借助这些文学形式，实现了牛郎织女传说的传承与发展。在传递坚贞、向上、积极进取的爱情观的同时，表达了人们对于美好爱情的向往，以及对于重逢、相聚、团圆的希冀与渴望。

更为突出的是，在牛郎织女传说的传播过程中，其与中国传统文化的多样元素糅合，在构成中国传统文化的同时，还形成了自为一体的文化现象与文化场域。

牛郎织女传说的代表性异文

牛郎织女传说的代表性异文

经过数千年的传承与发展，牛郎织女传说已经成为我国家喻户晓、耳熟能详的民间传说。据不完全统计，在我国，共有26个省份流传有牛郎织女的传说，先后采录和发表的牛郎织女传说共有140篇。从情节构成上来看，全国各地的牛郎织女传说都有着较为一致的情节，即包括兄弟分家，牛郎与黄牛相依为命；仙女下凡沐浴，牛郎藏衣裳，牛郎织女成亲，生了一双儿女；王母娘娘派遣天兵天将下凡捉拿织女，牛郎挑起儿女追到天上；王母娘娘画出银河，牛郎织女被迫分离；七月七日鹊桥相会。

"十里不同风，百里不同俗"，各个地方流传的牛郎织女传说与本地独有的民

|绘画作品《牛郎织女》|

俗、景观、风物相融合，形成了牛郎织女传说多样形态的异文。河南南阳和山东沂源流传的牛郎织女传说便是其中的代表。

河南南阳一带的牛郎织女传说是这样讲述的：

相传，很早的时候，南阳城西有一片桑林，桑林里的村庄中有一个叫如意的孩子，他聪明、勤劳、忠厚老实，村民们都很喜欢他。他常常望着西边的大山出神。听老人们说山中卧着一头老黄牛，因此那座山叫伏牛山。家里没有牛，他便想进山把那头牛牵回来耕田。于是他翻了九十九座山，过了九十九道涧，找到了那头卧在一块大平石上、瘦骨嶙峋的老黄牛。

如意跪下向老黄牛磕了个头，喊了声"牛大伯"，请求老黄牛跟他走。老黄牛睁了睁眼，没说话，又合上了眼。如意看着老黄牛无精打采的样子，心想它可能是饿了，就去给老黄牛薅草吃。他一边薅，牛一边吃，薅了一捆又一捆，总是供不上老黄牛吃的速度。就这样，他喂了三天，老黄牛总算吃饱了，抬起头对他说："小伙子，我原在天上住。盘古开天辟地的时候，地上没有五谷。我偷了天仓的五谷撒下来，触怒了玉帝，他把我贬下天庭。落入凡间时摔坏了腿，我的伤只要用百花露水涂洗一百天就会好的。"如意听了，也不急着下山了，他饿了吃野果，渴了喝泉水，夜里依偎着老黄牛睡，每天清晨去采百花露水给老黄牛涂洗伤口。过了一百天，老黄牛的伤好了，跟着如意回家了。

如意待老黄牛很亲，白天和它一起去耕地，夜里就睡在它身边，久了人们便叫他牛郎。老黄牛待牛郎也很亲，每次牛郎的嫂子在家偷吃好东西的时候，老黄牛总是叫牛郎回去。一来二去，牛郎的嫂子生气了，要和牛郎分家。牛郎不要房子不要地，只要老黄牛、一辆破车和一只烂皮箱。老黄牛拉着破车，牛郎带着皮箱坐在上面，离开了村庄，出了桑林，搭了个草棚住下了。老黄牛从嘴里吐出个茶豆，朝牛郎点点头。牛郎把茶豆种在门前，第二天豆苗出土了，第三天拖秧了。牛郎搭了个架子，没几天茶豆就爬满了架子。老黄牛说："如意呀，你夜里站在茶豆架下，便能看到天上的姑娘们。天上的姑娘们也能看见你。谁要是偷看你七个夜晚，就是想做你的妻子。我拉着车儿带上你，把她娶下凡来，与你成婚。"

夜里，牛郎站在茶豆架下朝天上望去，只见一群仙女在玉池里洗澡，临走时，一个仙女偷看了他一眼。第二天夜里，只见那个仙女独自来到玉池边，大着胆子看牛郎；第三天夜里，她望着牛郎微微笑；第四天夜里，又朝牛郎点点头；第五天夜里，她挎着一篮蚕；第六天夜里，那个仙女偷出一架织布机；第七天夜里，她拿着织布梭子向牛郎招手。牛郎织女，一个在地上，一个在天上，眉来眼去七个夜晚。

牛郎盼着织女下凡来，织女盼着牛郎快迎娶她。七月初七那天，从天上飞下来一只喜鹊，落在了老黄牛的头上，说道："织女差我来，叫你快去迎娶。"老黄牛朝牛郎点点头，牛郎套好车，坐了上去。老黄牛四蹄腾空，一会儿就到了玉池，牛郎和织女双双抬起织布机放在车上，织女挎着蚕篮上了车，牛郎也跳上车和织女坐在一起。老黄牛腾云驾雾，四蹄翻飞，不一会儿便回到了家里。

乡亲们知道牛郎成了家，纷纷来贺喜。织女把带来的天蚕分给乡亲们，还教大家如何养蚕、抽丝、织绸缎。

一传十，十传百，大家都知道牛郎娶了一个贤惠的妻子，能养蚕，会抽丝，织出的绸缎又光又亮，好像粼粼闪闪的白河水。还说织女的织布机是从天上带来的，织出的绸缎做成衣服，冬暖夏凉。这消息传了出去，引得山南海北的丝绸商人都来争购南阳绸。这下子轰动了白河两岸、伏牛山区的千家万户，纷纷送自家的姑娘来跟织女学织绸缎。织女是一个善良的人，热心将自己的手艺教给她们。不到两年，家家户户都学会了养蚕、抽丝、织绸缎。

第三年的七月初七，织女生了一对龙凤胎，男的取名叫金哥，女的取名叫玉妹。牛郎耕田，织女织布，小日子过得康乐和睦。姑娘、小伙子们都很羡慕，便问他们是怎么到一起的。牛郎指着茶豆架，说出了来龙去脉。茶豆熟了的时候，姑娘、小伙子们都争着采摘茶豆，种到自家的院里，待到茶豆长成时，也偷偷到茶豆架下，朝天上望着。小伙子们盼望着能见到一个偷看他的仙女；姑娘们盼望着能见到一个偷看她的仙童。年轻人一钻到茶豆架下，心里都是甜蜜蜜的。

又过了几年。一天，牛郎正在锄地，晴空响了一阵雷，老黄牛站住了，望着牛郎流着泪说："如意呀，我把织女带下凡，触犯了天律。现在天鼓在响，我只怕难逃一死。我死后，王母娘娘准会来拆散你们夫妻俩。你记着，我死后你把我的肉吃了能脱凡成仙，皮做成靴子穿上能腾云登天。"老黄牛说罢便倒下死了。牛郎伤心地大哭了一场，就照着老黄牛的话做了。

又到了七月初七，牛郎正在锄地，金哥、玉妹哭着跑来对他说，家里来了个老婆婆，把妈妈带走了。牛郎赶紧扔下锄头，一手拉着金哥，一手拉着玉妹，腾空就追。眼看着就要追上了，王母娘娘突然拔下头上的金簪朝脚下一画，一条巨浪滔天的大河挡住了牛郎的去路。牛郎拉着金哥、玉妹站在河边哭，哭声惊动了玉帝，玉帝看一双孩子实在可怜，就叫他们一家在每年的七月初七相会一次。

牛郎一家突然不见了，人们觉得蹊跷，晚上便钻到茶豆架下朝天上望，看见天上出现了一条巨浪滔天的大河，织女在河那边哭，牛郎拉着金哥、玉妹在河这边哭。

牛郎织女鹊
桥相会

人们一下子明白了是怎么回事，擦着泪走出了茶豆架。从此繁星闪烁的天空中多了一条又宽又长的银带，人们就叫它天河。天河的一边多了一颗星，另一边多了三颗星，就分别取名叫织女星、牛郎星、金哥星、玉妹星。人们想念牛郎、织女，每天晚上都要钻到茶豆架下朝天空望一望。七月初七那天晚上，人们突然看到满天的喜鹊向天河飞去，互相咬着尾巴搭起了一座鹊桥。牛郎拉着一双儿女上了桥，织女也上了桥，在鹊桥的中间，一家人相会了。人们也跟着欢喜起来，互相谈论着七夕相会的事。

牛郎、织女虽然飞上了天，但是留下了天蚕和织布机，人们世世代代抽蚕丝织绸缎。用织女的织布机织出的南阳绸细密闪光，畅销九州。随着南阳绸的远销，牛郎织女的故事也流传到各地。每到七月初七的晚上，人们都会想起牛郎织女，诉说着他们的故事。还有些好奇的年轻男女，躲在茶豆架下偷看牛郎会织女。

在山东沂源，牛郎织女的传说充满着浓郁的齐鲁风情：

很久以前，在星光闪烁的银河岸边，有一座云锦坊，这就是织女织云锦天衣的地方。在银河对岸有一个青年吹着牧笛在放牛，这个青年就是牵牛。牵牛每天看着绚丽的朝霞和晚霞，以及蓝天上飘着的白云。心想既然彩霞和白云是那样的美，那织女一定是一位心灵手巧、勤劳善良的姑娘。牵牛每天用笛声表达对织女的爱慕之

情。织女每天隔窗望见对岸放牛的牵牛，听到饱含深情的笛声，也燃起了对这位勤劳朴实的小伙子的爱意。于是织女织出一条七色彩带，抛上了银河，河上便出现了一座彩虹桥。当二人从河两岸走上彩虹桥正要相会的时候，突然一阵风将桥吹断了。原来这件事被玉皇大帝和王母娘娘发现了，牵牛被贬入凡间，织女也被关了起来。

牵牛被撤去了神职，收缴了神符，忘却了前身，投胎到沂河岸边一个村庄的孙姓人家，做了一个普通农民，名叫孙守义。牵牛放的那群牛中的领头牛黄牛金星为了帮助和保护牵牛，也下凡投胎到了孙家，做了一头大黄牛。黄牛金星未遭天谴，天上的事他都记得。

孙守义三岁丧母，七岁丧父，跟着大哥孙守善和嫂子罗氏生活。大哥孙守善经常外出经商，嫂子罗氏是一个苛刻刁钻的人，经常给守义吃些残羹剩饭。残羹剩饭也不是白吃的，守义七岁便开始放牛，因此人们都叫他牛郎。牛郎饥一顿饱一顿，还经常遭到嫂子的打骂，受了委屈只能对大黄牛诉说。大黄牛似乎都能听懂，常含着眼泪用头轻蹭牛郎的身体来安慰他。从此，牛郎便和大黄牛相依为命。

虽然吃的是残羹剩饭，穿的是破衣烂衫，但牛郎也依然慢慢长大成人了。耕犁锄耪、下种收割等农活都是他干，家里喂牛、喂猪、挑水、洒扫的也都是他。累死累活却没能讨得嫂子欢心。嫂子

罗氏一天天暗自发愁，小二长大了，将来成家只怕要花一大笔钱，最怕的是他要分家产，左思右想，不如趁他大哥不在家，除掉这个祸害。人吃五谷杂粮，谁不生病，病死了有什么办法……

一天，牛郎从地里干活回来，一进门，就听见嫂子说："小二，看你累的，人都瘦了。嫂子给你做了碗面条，在厨房里，趁热去吃了吧。"牛郎还没进厨房，就闻到了香味，看到桌案上有一大碗白面条，上面还有两个荷包蛋。牛郎又饥又渴，端起来就要吃。又一想这么好吃的东西，得让我牛大哥也尝一尝，于是端起碗，来到拴在大树下的大黄牛跟前，正在吹风的大黄牛突然"哞"的一声站了起来。用

牛角把饭碗顶落，摔了个粉碎，小鸡们便纷纷来抢食。这时罗氏边从上房走下台阶边骂道："小二你不在屋里吃，端出来干什么……"只见大黄牛挣脱拴绳，向罗氏奔去，一头把她顶了个四仰八叉。牛郎赶紧阻拦道："牛大哥，你疯了！"这时啄食面条的小鸡们一只只扑棱着翅膀倒地死去。牛郎这才明白了一切。

一日，孙守善经商归来。在一次饭后，牛郎对哥嫂说："感谢哥嫂把我拉扯这么大，养育之恩，无以为报。我在村西河边搭了草庵，明天我就搬出去住，只求哥嫂把大黄牛让我领走。"守善说："二弟，我经常不在家，让你受累了，你嫂子照顾不周，希望你能原谅。我这次回来，赚了一些银两，就是要给你盖房子成亲的。你要是就这样走了，我对不住爹娘。"可牛郎执意要走，守善无奈地说道："你坚持要走，那我明天去安乐官庄把舅舅请来，把家产分你一半，这样你日后也好过日子。"

这时，舅舅怒气冲冲地走进孙家大门。原来他听说了二外甥的遭遇，又听说大外甥回来了，特意为二外甥出气来了。罗氏赶紧给舅舅递烟送茶，并使眼色不让舅舅说出真相。舅舅一想，大外甥休了妻，这个家就散了，不说就不说吧。但必须分家，让小二逃出火坑。于是说道："听说大外甥回来了，我来看一看。小二也长大了，咱们也该商议为他成家的事了。"

|传统年画《牛郎分家》|

守善说："我这次回来，就是给他盖房子娶亲的。都是罗氏不贤，闹得小二已在河边搭了个草庵，非要出去住。"罗氏说："我怎么不贤，不贤他就长这么大了！"

牛郎忙对舅舅说："哥嫂待我恩重如山，是我不想再连累他们了。"舅舅是当地地保，经常调解纠纷，就说："分家是迟早的事，分就分吧，由我做主。"说着铺开文房四宝，举起笔来，

问道："小二，说吧，你想要哪块地、哪间房？"罗氏说："家业是我们挣的，不能由他挑，当舅舅的要公道！"守善说："你住嘴！小二你挑吧！"牛郎说："多谢舅舅和哥嫂，我只要大黄牛，其他什么也不要！"舅舅说："什么也不要，分什么家？"罗氏说："我们还指望着大黄牛耕地呢，不能给他！"

舅舅举起笔来说："天上下雨地下滑，两口子吵架吱

吱哇，小二急得直哭妈。大黄牛写上了，小二你牵走吧！"罗氏想起大黄牛近来见她，总是瞪眼，也就作罢。舅舅说："小二，你还要什么？"牛郎说："谢谢舅舅，我什么也不要了。"说罢，牵了大黄牛就走。舅舅气坏了："这个笨蛋！这是分的什么家！"一拍屁股，也走出了孙家。

牛郎和大黄牛在沂河岸边开了一块荒地，住了下来。时间过得飞快，转眼间到了七月初七。织女的伙伴们为了给织女解闷，便偷偷带织女去沂河洗澡，织女也想趁此机会到人间探访牵牛的消息。众仙女正在洗澡，忽然听到天上响起了鼓声，便说："快回去吧，天门关了就回不去了。"众仙女纷纷整理

好衣带升天而去。织女心思重重地落在了最后面。当她要离开时，被河边的大黄牛衔住了衣角。织女回头，一眼就认出了是黄牛金星，便问道："你怎么在这里？牵牛呢？"大黄牛放开了织女的衣角，说："随我来！"

从此，牛郎织女便在沂河岸边生活，男耕女织，无比幸福美满。一转眼三年过去了，织女生下一双儿女，更增添了家庭乐趣。只是黄牛金星的肉体凡胎日渐衰老，牛郎织女不再让它干活儿，好草好料地养在家里。一日，老黄牛对牛郎说："我的大限到了。我死后，把我的皮晒干藏好，以后有急难时，踏上它可以腾云驾雾。我的心将化作山峰为你们观察天上人间的动静。你们把

我的尸体就埋在沂河岸边吧。"说毕便合上了双眼。

牛郎伸手去拉老黄牛，只拉起一张脱落的牛皮。又见一颗牛心飞向空中，落在大贤山西南，化作牛心模样的山峰，人们称作牛心崮。牛心崮前有一个村庄，至今村庄里的人多姓牛。牛郎和织女含泪埋葬了老黄牛的尸体，把牛皮晒干，供奉在堂屋的条案上，常年祭奠鲜花、芳草。

天上一时，人间三载。玉皇大帝和王母娘娘终于发现了织女私自留在人间的事情，他们大发雷霆，派天兵天将捉拿织女问罪。天兵天将来到了沂河岸边的牛郎织女家，织女正在织布，天兵天将上前捉拿。牛郎情急下，挥起牛鞭朝天兵天将抽去。

雷神震怒，欲用雷电击毙牛郎，织女信手掷出梭子，打掉了雷神手里的法器。织女被天兵天将戴上法索，升空而去。牛郎抱起一双吓得大哭的儿女，只能无奈地齐向空中呼喊。"哞——"这时听得一声犹如洪钟的牛叫。牛郎这才想起了老黄牛的话，赶紧取下干牛皮铺在地上，又用箩筐挑起一双儿女踏上去，老牛皮载着他们朝空中追去。越追越近，眼看牛郎就要追上织女了。

突然，王母娘娘拔下头上的金簪往空中一画，顿时出现了一条波涛汹涌的银河，硬是把牛郎织女分隔开来。牛郎、织女在河两侧相互呼唤，两个孩子也喊着要妈妈。银河岸边哭声一片，人间泪雨纷纷，真是"天怒人怨"。

灵鹊仙子为其不平，呼唤普天之下的喜鹊，在银河上搭起一座鹊桥。织女挣脱绳索，牛郎挑着孩子，他们在鹊桥上相会了。这时，群星为之张灯，嫦娥为之歌舞，天上人间一片欢呼，这一日正好是农历七月初七。

玉皇大帝和王母娘娘怕惹了众怒，便宣旨道："牛郎、织女各复神位，允许每年一度七夕相会。"从此，

每年七夕，喜鹊便争着高飞，去为牛郎、织女搭鹊桥，牛郎也带着儿女到银河边踏上鹊桥与织女相会。相传每逢七夕，夜深人静时在葡萄架下可以听见牛郎织女相会时说的情话。后来，牛郎的孩子长大成人，仍在此居住，繁衍后代，人丁兴旺。为了纪念牛郎，孙氏家人在村头修有牛郎庙，并供奉神像，此村庄也称为"牛郎官庄"。

至今，大贤山东麓下

|山东沂源牛郎织女景区|

| 织女洞 |

　　临沂河的峭壁上仍有一个石洞，人称织女洞，是王母娘娘囚禁织女的地方。织女洞上面虬枝倒挂，下面有一条波光粼粼的沂河。在月明星稀的深夜，人们可以听到洞中有"轧轧"的织布声，那是织女在织明晨的朝霞呢。

　　大贤山上还修有迎仙观，历代都有修缮。这是人们同情牛郎织女的爱情悲剧，向往婚姻自由的心理表露。但人们不敢冒犯玉皇大帝的威严，因此在织女洞正上方的山顶上，还修有一座玉皇阁。

纷繁多样的七夕乞巧习俗

| 纷繁多样的七夕乞巧习俗 |

在我国各地流传的牛郎织女传说中，织女都是一个美丽聪慧、心灵手巧的仙女。

渐渐地，善于耕织的织女在人们心中演变成为智慧和巧艺的化身，也有着能给人们带来美好姻缘的寓意。因此，女子常常在牛郎织女相会的七月初七的晚上向织女乞求，乞求她赐予自己灵巧的技艺。七月初七也因此常常被人们称为"乞巧节"。

文献中对于乞巧风俗的最早记载始于汉代。《西京杂记》中记载："汉彩女常

| 广州珠村喜迎乞巧文化节 |

以七月七日穿七孔针于开襟楼,人俱习之。"《世王传》中记载:"窦后少小头秃,不为家人所齿。七月七日夜,人皆看织女,独不许后出。有光照室,为后之瑞。"起源于汉代的乞巧习俗经过长时期的发展,形式也越来越多样。大体上说,七夕乞巧习俗包括以下几种形式:

1. 穿针乞巧。织女以善于织布闻名。女子常常在七夕这天的夜晚迎着月光穿针,乞求织女能够将织布的技艺传授给自己。《舆地志》中记载:"齐武帝起层城观,七月七日,宫人多登之穿针。世谓之穿针楼。"《荆楚岁时记》中记载:"七月七日,是夕人家妇女结彩楼穿七孔外,或以金银愉石为针。"七夕当天,人们制作有着七个针孔的"乞巧针",乞求得到织女的庇佑。到了元代,

汉服女孩"拜织女求巧赐缘"度七夕

七孔针演变成为九尾针，乞巧穿针更是演变成一种代表缝纫技艺的行为。《元氏掖庭录》中记载："至夕，宫女登台以五彩丝穿九尾针，先完者为得巧，迟完者谓之输巧，各出资以赠得巧者焉。"从此，七夕穿针乞巧的习俗一直流传下来。

穿针乞巧还有一个新的变体，就是投针验巧。投针验巧的习俗主要出现在明清时期。明代沈榜的《宛署杂记》中记载："燕都女子七月七日以碗水暴日下，各自投小针浮之水面，徐视水底日影。或散如花，动如云，细如线，粗租如锥，因以卜女之巧。"《帝京景物略》中记载："七月七日之午丢巧针。妇女曝盎水日中，顷之，水膜生面，绣针投之则浮，看水底针影。有成云物花头鸟兽影者，有成鞋及剪刀水茄影者，谓乞得巧；其影粗如锤、细如丝、直如轴蜡，此拙征矣。"投针验巧也有一个变体，便是丢巧芽辨巧。七夕夜里，女子围坐在庭院里，摘下瓜蔓、葡萄蔓上的嫩芽当作"巧芽"，投入面前盛着清水的盆中。如果巧芽上浮，并且呈现出簪、钩、花灯等形状，则寓意得巧了；如果巧芽下沉，或者是没有任何形状、直勾勾地浮出水面，那么就表示没有得巧。

2. 蛛丝卜巧。卜巧也是七夕的重要习俗，即在七夕当天，女子向织女卜问自己将来是笨是巧，能巧到何种程度。关于卜巧的最早记载始于南北朝，最早用于卜巧的物品并非蜘蛛，而是瓜果。《荆楚岁时记》中记载：

"是夕，陈瓜果于庭中以乞巧。有喜子网于瓜上则以为符应。"唐代时，卜巧的物品换成了蜘蛛，《开元天宝遗事》中记载："七月七日，各捉蜘蛛于小盒中，至晓开；视蛛网稀密以为得巧之侯。密者言巧多，稀者言巧少，民间亦效之。"宋代的《乾淳岁时记》中记载："以小蜘蛛贮盒内，以候结网之疏密为得巧之多久。"《东京梦华录》中记载："以小蜘蛛安盒子内，次日看之，若网圆正谓之得巧。"明代的《熙朝乐事》中记载："七夕以小盒盛蜘蛛，次早观其结网疏密以为得巧多寡。"清代《瑞州府志》中记载："妇女置蛛妆盒中，观其成网，以验巧拙。"历经数代的发展，蛛丝卜巧并没有发生太

大的变化，只是不同的时期，判定女子是否得巧的标准有所不同。唐代是以蛛网稀密为标准，而宋代部分地区则以蛛网是否圆润、周正为标准，明代则以蛛丝是否能结成万字为标准，而清代则又以是否结网为标准。

3. 泡巧。泡巧又称生芽卜巧，该习俗并非是给女子卜巧，而是给孩童卜巧。常见于我国北方地区，通常每年的七月初一，女子在日出之前，取一个盅，盅内放一些细沙和麦粒，添上一些水。七夕当天，从盅中取出发芽的麦粒，以麦芽的长势来判定小孩的巧拙。若是麦芽根须长得密，则寓意孩童聪慧明达，前途光明；如果麦芽根须长得不密，或者是被水泡烂，则意味着孩童愚笨，前途堪忧。《东京梦华录》中记载："开封又以绿豆、小豆、小麦，于瓷器内以水浸之，生芽数寸，以红蓝彩缕束之，谓之'种生'。"

4. 染指甲。《燕京岁时

记》中记载："凤仙花即透骨草，又名指甲草。五月花开之候，闺阁儿女取而捣之，以染指甲，鲜红透骨，经年乃消。"此外《十二月词之七》中也有记载："七月七日侵晓妆，牛郎庙中烧股香。君不见东家女儿结束工，染得指甲如花红。斜簪茉莉作幡胜，鬓影过处绕香风。"

5. 女子洗发。湖南、江浙一带的女子认为，七夕这一天，人间的水如同银河的水一样，具有清除污秽的神圣力量。因此，人们在这一天取水洗发，乞求能够去除身上的污秽，拥有一头秀丽的头发。湖南的《攸县志》中记载："七月七日，妇女采柏叶、桃枝，煎汤沐发。"

6. 拜魁星。经过漫长的发展，七夕在中国已经成为家喻户晓的节日，由于七夕乞巧的灵验附会，人们也常

七夕节活动

常在这一天许下愿望。乞巧节因此成为满足人们多样诉求的重要时机。在我国部分地区，传说七月初七是魁星的生日，赶考的青年男子在这一天祭拜魁星，希望能够得到魁星的眷顾，高中状元。原本专为女子乞巧的乞巧节也成了社会大众的节日，除了女人、儿童外，男人们也加入了乞巧的队伍。

7. 求子。七月初七这一天也是人们乞求富贵、丰收甚至是求子的日子。《风土记》中记载："七月初七，其夜洒扫于庭，露施几筵，设酒脯时果，散香粉于筵上，以祈河鼓、织女，言此二星神当会。守夜者咸怀私愿。或云见天汉中有奕奕白气，有光耀五色，以此为征应，见者便拜而愿，乞富乞寿，

无子乞子，唯得乞一，不得兼求，三年乃得，颇有受其祚者。"北京民间流传着一首名为《乞巧歌》的民谣，表达着民众寻求美好生活的愿景：

乞手巧，乞貌巧；
乞心通，乞颜容；
乞我爹娘千百岁；
乞我姊妹千万年。

8. 乞巧市。宋元之际，七夕成为社会大众普遍认知的节日，在当时的京城开封，设有专卖乞巧物品的市场，被人们称为"乞巧市"。《醉翁谈录》中记载："七夕，潘楼前买卖乞巧物。自七月一日，车马嗔咽，至七夕前三日，车马不通行，相次雍遏，不复得出，至夜方散。"人们从七月初一就开始置办乞巧物品，由此可见七夕在

当时的重要影响力。乞巧市上车水马龙、人流如潮，到了临近七夕时，乞巧市上人山人海，并不亚于最盛大的节日——春节，这也意味着，七夕已经成为中华民族的重要节日。

9. 拜七姐神。在胶东地区，年轻女子喜欢在七夕节着新装，欢聚一堂，月下盟结成七姐妹，共同祭拜七姐神，祭拜的时候还要吟唱歌谣：

天皇皇，地皇皇，

俺请七姐姐下天堂。

不图你的针，

不图你的线，

光学你的七十二样好手段。

10. 结扎巧姑。在陕北地区，七夕节也要举行类似的乞巧活动。女子先扎一个穿花衣的草人，称为巧姑。之后，女子聚在一起，给巧姑供上瓜果，栽种豆苗、青葱。七夕当晚，各家女子还要手端一碗清水，剪一些豆苗、青葱，并将其放入水中，用看月下投物之影来占卜巧拙之命。此外，也有以穿针走线、竞剪窗花的形式来竞争巧拙高低。

11. 天河泪。在浙江，人们传说七夕的露水是牛郎织女相会时的眼泪，抹在手上和眼睛上，能够让人眼疾手快。因此，当地盛行在七夕时用脸盆接露水的习俗。广西当地也有用七夕水沐浴的习俗，认为这样做能够消除灾病，庇佑体弱多病的孩子。此外，人们也常常在这一天将红头绳打七个结，戴在脖子上，乞求健康吉祥。

12. 做巧食。人们还在七夕当天制作许多具有特色的食品，称为"巧食"。巧食多是饺子、面条、油果子、馄饨等。此外，一些糕点铺也喜欢制作一些织女形象的酥糖，称为"巧人""巧酥"，出售时称为"送巧人"。

13. 女儿节。在河南、陕西等地，人们将七月初七称为"女儿节"。因为七月初七是牛郎织女分离的日子，因此在这一日有迎女避节的习俗。陕西的《蒲城县志》中记载："七月七日，迎新嫁女避节。"每逢七月初七，人们把新出嫁的女儿接回家来，以免天帝发现女儿与女婿生活在一起，将他们像牛郎与织女一样分开。

14. 摆七娘。在广东珠村，每年的三、四月份，尚未出嫁的姑娘便在自己家中制作七夕当天摆七娘用的手

摆七娘迎七夕

63

工艺品。

　　七月初一，姑娘们便将手工艺品摆放在祠堂或者自己家中，称为"摆七娘"。"摆七娘"又分为"摆大七娘"和"摆小七娘"。摆小七娘仪式较为简单，多是在家庭内部举行。摆大七娘的仪式非常隆重，一般要隔几年才能举行一次。摆七娘时，姑娘们的手工艺品必须

在七月初一放入祠堂或自己家中。初六晚上，姑娘们梳妆打扮，穿新衣、戴新首饰，并把各种手工艺品及生果茶点等拜仙物品摆放在桌上，此外，也有摆上一些如香皂、针线以及胭脂等日用品，据说这些日用品在七娘的祝福下，用起来会让姑娘们更加手巧。

　　整个摆七娘仪式大约分

摆七娘迎七夕

|广州珠村七
娘阁|

鸣奏礼乐、司仪致辞、主祭、玉女对影穿针等几个步骤。参加者有主祭、陪祭、司仪、乞巧玉女等，其他村民可以在场外观看。晚上十一点时，其中一个姑娘作为代表，在一个盆子里洗净双手，寓意着"金盆洗手"。洗手后向仙桌敬茶，上三炷香。此后，其他姑娘点起拜仙禾、拜仙菜中间的油灯、香烛，一起朝星空跪拜"迎仙"。小声念道："七姐下凡，保佑人们，保佑小孩子，祈愿圣女及家人身体健康。"一直到第二天凌晨五点，要拜七次，意为迎接天上的七位仙女。拜仙过后，姑娘们便手执彩线，在灯光下穿针孔。据说，连穿七枚针孔的姑娘则为得巧，被称为"巧手"，否则叫输巧。此后，姑娘们焚烧纸扎的"梳妆盘"及"仙女衣"。至此，整个"拜仙"

仪式才算结束。仪式结束以后，村民们便可以排队进入祠堂参观，并对乞巧手工艺品逐一品评。

与珠村的乞巧仪式相比，甘肃西和的乞巧仪式则呈现完全不同的风貌。村里的适龄女子组成乞巧点。每个乞巧点都要在乞巧节前一两个月做好选址、联络、筹资、练歌、备装、生巧芽、请巧、造巧等多项准备工作。正式的乞巧节庆历时七天八夜，从农历六月三十日晚上开始至七月初七晚上结束。乞巧节活动内容丰富、仪式隆重，包括手袢搭桥、迎巧、祭巧、唱巧、跳麻姐姐、相互拜巧、祈神迎水、针线卜巧、巧饭会餐、照瓣卜巧、送巧等。在迎巧仪式前，每个姑娘将自己的手袢解下，一条接一

条地连成一根长头绳。如果嫌接起来的绳子短的话，还可以用新头绳接续。手捧香盘的姑娘走在前面，其他人列队跟随。香盘内放有香、蜡烛等祭品和头绳。来到村镇外的大河边，先由两人分别站在两岸，把头绳横拉在河面上。接着点燃蜡烛和香，并祭祀跪拜。此后，大家成排列队、牵手摆臂齐唱《搭桥歌》。唱罢，站在大河两岸拉头绳的姑娘同时松手，绳子落入水中被水冲走。乞巧的第一个仪式至此完成。

在农历六月二十六日到二十九日这几天，姑娘们要从集镇纸货店迎请"巧娘娘"。巧娘娘请来后会被安排先"坐"在桌子上，因为还没有到正式迎巧的时间，必须用丝帕遮住脸。农历六

月三十日晚上，姑娘们穿上盛装，整齐列队，挑上"巧娘娘"，端上香和蜡烛，在老年妇女的引导下来到河边举行迎巧仪式。主持者焚香点蜡，跪迎接拜巧娘娘，其他姑娘则站在河边齐唱《迎巧歌》。然后，揭去"巧娘娘"头上的丝帕，一路唱着歌将巧娘娘请进院。进院要唱《进院歌》，进屋要唱《坐巧歌》，敬献茶果要唱《献茶歌》，此时，乞巧活动便正式拉开序幕。

此后是祭巧，一般分集体祭巧和个人祭巧两种。在早晨、中午、晚间三个时辰，都要点蜡、炷香、祭祀跪拜。在乞巧过程中，毗邻的乞巧点之间，如上街与下街、东关与西关、前庄与后庄、上坝与下坝、此村与彼村等都

东昌府木版年画"牛郎织女"

开展你来我往的拜巧活动。按照乞巧习俗，祈神迎水仪式结束后方可相互拜巧。相互拜巧时，为了壮大声势，乞巧组织者要求所有姑娘都参加。她们着意打扮、穿戴一新，成排列队。两地的姑娘们坐在一起互称姐妹、问长问短、有说有笑、十分亲热。相互拜巧，不但有观摩、交流、借鉴乞巧经验的作用，还为邻村、邻街的姑娘搭建了相互交流的平台，又为未

婚青年寻找对象提供了很好的机会。

在七天八夜的乞巧过程中，最重要的活动就是"唱巧"，即娱巧，姑娘们齐集坐巧处，从白天直至深夜，在巧娘娘像前尽情地载歌载舞。歌词有传统和新编之分，曲调有正歌和副歌之别。除节前排练外，演唱仅限于乞巧节期间，其余时间一般不再演唱。丰富的歌词和曲调为异彩纷呈的节日注入了新的活力。

在乞巧的过程中，除举行个人"针线卜巧"外，还要在七月初七晚上举行集体"照瓣卜巧"。即用巧芽在水中的投影图案问自己的巧拙、祸福，俗称"照花瓣"。照瓣卜巧开始时，所有姑娘手端巧芽碗分别站在神桌两旁，先由乞巧组织者在神桌前照例祭祀跪拜，并默默祈祷："请巧娘娘给黑眼的阳人赐个好花瓣，指一条手巧

牛郎织女泥塑

路。"礼毕，大家齐唱《照花瓣歌》。姑娘的碗底投影图案，被大家认定为心灵、手巧、吉利、祥瑞时，心中十分高兴，一定要将碗中的水猛喝一口，其意是自己依靠虔诚乞巧得来的这一切。然后把水倒掉，再盛半碗神水，重新开始下一轮的照瓣卜巧。照瓣卜巧活动在期待、兴奋、欢乐的氛围中进行着，历时两三个小时方能结束。

照瓣卜巧举行后，七天八夜的乞巧活动即将结束。此时，姑娘们怀着惜别之情，抓紧送巧前仅剩的一段时间尽情唱巧。在供神桌前，她们竞相起歌，直至把所有乞巧歌曲反复唱到尽兴为止。深夜，姑娘们分别站在神桌两旁，齐唱《送巧歌》。送巧仪式后，七天八夜、无拘

牛郎织女手工艺品

无束、歌声不断、自由狂欢的活动全部结束，姑娘们各奔东西，只待来年再聚。因为有的姑娘来年出阁，不能再参加此项活动。因此，最后的送巧仪式往往是她们的悲伤时刻。许多姑娘常常在乞巧活动结束时哭肿了眼睛，唱哑了嗓子。哭声、歌声交织在一起，格外凄凉。

从历史上来说，七夕是伴随着牛郎织女传说而产生的

以乞巧为主旨的节日。这一节日有着自身的独特内涵。新世纪以来，随着东西方文化的交融，颂扬爱的情人节传入国内，七夕节及其背后的牛郎织女传说中对于忠贞爱情歌颂的主题在这一背景下得以重新发掘与肯定。在外来情人节的冲击下，原本就有着爱情主题的七夕节逐渐被社会大众定义为"中国情人节"。这使得人们在重构传统七夕节的同时，不断丰富着七夕节的内涵。

图书在版编目（CIP）数据

牛郎织女的传说 / 张青仁编著 ；杨利慧本辑主编
. —— 哈尔滨 ：黑龙江少年儿童出版社，2020.8（2021.8 重印）
（记住乡愁 ：留给孩子们的中国民俗文化 / 刘魁立
主编. 第六辑，口头传统辑. 二）
ISBN 978-7-5319-6519-0

Ⅰ．①牛… Ⅱ．①张… ②杨… Ⅲ．①民间故事一作
品集一中国 Ⅳ．①I277.3

中国版本图书馆CIP数据核字(2020)第172719号

记住乡愁——留给孩子们的中国民俗文化

第六辑 口头传统辑（二）

牛郎织女的传说 NIULANG ZHINV DE CHUANSHUO

刘魁立◎主编

杨利慧◎本辑主编

张青仁◎编著

出版人：商 亮
项目策划：张立新 刘伟波
项目统筹：华 汉
责任编辑：刘金雨 顾吉霞
整体设计：文思天纵
责任印制：李 妍 王 刚
出版发行：黑龙江少年儿童出版社
　　　　　（黑龙江省哈尔滨市南岗区宣庆小区8号楼 150090）
网　　址：www.lsbook.com.cn
经　　销：全国新华书店
印　　装：北京一鑫印务有限责任公司
开　　本：787 mm×1092 mm　1/16
印　　张：5
字　　数：50千
书　　号：ISBN 978-7-5319-6519-0
版　　次：2020年8月第1版
印　　次：2021年8月第2次印刷
定　　价：35.00元